그림자 떼어 걷기

김도연 시집

삶과지식

....

이 세상에 있거나 혹은 없는

마음에 남은 이들에게

....

序 文

캄캄한 벼랑 끝에 서 있는 듯 느껴졌을 때
나를 구해 준 건 '문장'이었다.

어렵게 태어난 '문장'이 생명을 다하기 전
누군가의 마음을 조금이라도 적실 수 있기를 바라며!

– 보지 못한 당신이 슬프고 그리운 날
2015. 01. 23. 김도연

목차

제1장 장님의 초상_

가슴에 벅차 흐르는 것에게 물었다 • 13

새해 • 16

선택의 지옥 • 18

그림자_1 • 21

장님의 초상 • 22

생_33 • 24

기투 企投 • 27

흑조 黑鳥 • 28

제2장 비상_

비상_1 • 32

이상 理想_1 • 33

이상 理想_2 • 34

비상_2 • 35

추구하다 • 36

비상_3 • 38

생_32 • 40

생_7 • 41

실존 實存 • 42

계절의 옷장 • 44

제3장 길을 잃다_

상실 喪失 • 49

혼자서 • 50

미망 未忘 • 52

경계인 • 55

목적지 • 57

동요 • 58

길을 잃다 • 60

동의 • 62

보지 않는 벽 • 64

생_16 • 65

그림자_2 • 66

생_13 • 67

현대와 현재 • 68

야경 • 69

마녀의 본색 • 70

원주 圓周 • 71

생_1 • 72

도시 • 74

이별 • 75

제4장 난 고래가 궁금하다_

고래의 비상 • 79

위로_1 • 83

환희 • 84

타인 他人 • 85

자화상 • 86

마주 선 나무 • 90

난 고래가 궁금하다 • 92

고개 숙인 사람들과 말하기 위해선 • 97

하루 한 날 • 98

위로_2 • 100

나이가 든다는 건 • 101

제5장 생각의 폭탄_

불침번 • 105

삶의 기쁨 • 106

문장 文章 • 108

생각의 폭탄 • 109

유혹 • 110

상업주의 • 111

더운 여름 • 112

신비 • 114

공원 • 115

제비집 • 116

당연한 것들 • 118

토끼에게 • 120

나는 내 고향에서 스스로 추방당한 자 • 122

시인의 방 • 124

낡은 사슴 • 125

옛 친구 • 126

상상 • 128

제6장 고양이의 눈물_

절망 • 131

고양이의 눈물 • 132

구석 • 134

뿌리 • 136

슬픔 • 137

짐 • 138

구부러진 팔 • 140

눈물 • 142

부러진 가지에는 새순이 돋지 않는다 • 143

자살 自殺 • 144

벙어리의 언어 • 145

제7장 끝을 바라보며_

끝을 바라보며 • 149

회한 回翰_1 • 152

회한 回翰_2 • 154

세월_1 • 155

회한 回翰_3 • 156

생사 生死 • 158

석양을 좋아하는 이유 • 160

눈 오는 밤 • 161

죽음 • 164

희망 • 166

제8장 다시 태어난다면_

화살 • 169

세월_2 • 170

비상_5 • 172

생_31 • 174

길 • 176

일생 一生 • 178

질주 疾走 • 181

다시 태어난다면 • 182

외출 • 184

제1장

|

장님의 초상

가슴에 벅차 흐르는 것에게 물었다

가슴에 벅차 흐르는 것에게 물었다.
너는 누구냐?
그 건방진 발소리로 다가오는
너는 누구냐?

질기디질긴 메아리,
지칠 줄 모르고 얼굴을 들이대는
너는 누구냐?

뒤를 돌아봐
깊은 밤,
호수의 눈을 하고
나무를 들여다보지.

비친 그림자가
어둠을 더하고
어느덧
빠져버린 무기력의 늪.

뒷덜미를 잡아
꺼내,
길 위에 세워
떨어진 그림자.

그 무게에 허리가 휘어
주저앉은 하늘에
밤톨만 한 달의
비웃음.

세월에 세월을 얻어
삶에서 발뺌하는 재주만 얻은 나에게
그리 큰 꿈을 안기는
너는 누구냐?

눌러붙은 그림자를
어깨에 둘러메고
어디로,

발가락은 발가락
피 묻은 발가락,
뱃속은 비어있고
발자국은 붉어.

간신히 뗀 한걸음에
고래 같은 함성을 내지르는
너는 누구냐?

시간에 팔려
가난해진 영혼을
눈물의 폭포로 깨우는
너는,
나의 이상理想.

새해

회자주,
그런 색이 있다면
오늘 내가 마주한 하늘.

어둡고 긴 터널 끝,
가녀린 빛이 타고 들어온
그 끄트머리.

말 못할 회한을
어깨 밑에 감추고
억지 미소를 지어 보여.

아픈 발 신발 속 깊숙이 밀어 넣고
다다른
끝이 다시 시작이라

일출인지 일몰인지
아님 둘 다인지,
그냥 그것은
자줏빛 먹구름.

선택의 지옥

여러 개의 문이 있었습니다.
선택을 보류한 문들 앞에서,
나는 '자유의 감옥'*에 갇힌 주인공처럼
한 세월을 망설이고 또 망설였습니다.
똑같이 생긴 듯한 문들 앞에서
문이 이끄는 그 뒤의 세상을 엿보고자
조금의 실마리라도 놓치지 않으려 모든 문을 살피고
또 살피었습니다.

결국 나는 가장 마음에 드는 문을 골라
자리를 떨치고 일어나 가슴 벅찬 흥분을 가지고 그
문으로 들어갔습니다.
나의 결단력에 주위 사람들은 부러운 시선과 우려
어린 눈길을 한번에 보내었지요.
스스로가 대견하고 자랑스러워 선택한 문을 닫는 순간,
나의 앞에 나타난 똑같아 보이는 선택의 문들 앞에서
당황하였습니다.
선택을 요구하는 문들은 지난번과 똑같았고,
내가 지나온 문과 합쳐서 하나가 더 늘었을

뿐이었습니다.

같아 보이는 무리의 사람들이 시뻘건 눈을 하고
어느 문이 더 나을지 관찰하고, 계산하고, 머리를
굴리는 모습을 보면서,
선택의 자유는 선택의 지옥과도 통한다는 것을 깨달아
무슨 문으로 나가든 그 뒤에는 다른 문들이 기다리고
있고,
나는 끝없는 선택을 하며 살아가야 하리라는 절망을
어깨에 매달고
더 이상 문 뒤에 무엇이 있으리라 생각지 않게
되었습니다.

나의 선택은 의미가 아니며
나의 의미는 선택에 있는 것이 아니라는 것을
어렴풋이 깨닫게 되었기 때문입니다.
그러나 나는 언제나 선택의 결단을 종용하는 문
앞에서 조금은 고민하게 되리라는 것을 부정할 수는
없을 것입니다.

어떤 문을 선택하던 그것이 '내가 아니라 내가
지나가는 길'이 되리라는 것을 아는 것은 아마도
이 생각의 함정을 벗어나는 자그마한 열쇠가 되리라
믿어봅니다.

* 미하엘 엔데, "자유의 감옥", 269~301 p., 메타포

그림자_1

그림자가 있었지만
말하지 못했다.

말을 걸어도 대답이 없을까 두려워
입을 다물었다.

길게 늘어만 가는 키가
나를 닮아
만지려 손을 뻗어도
닿지 않아.

세상이 찬란하게 물들어도
오직 검게만 빛나는
너.

장님의 초상

보이지 않는다고 해서
느낄 수 없는 것은 아니야.

눈이 멀어
길을 잃어
멀리 와버렸다고 해도
삶이 아닌 건 아니야.

장님의 초상화가
무엇을 그리든
그 안에 들은 것은 진실,
눈으로 다듬지 않은
순수.

귀가 먹어
아무것도 들리지 않게 되거든
맘대로 건반을 두드려
세계를 울려
네 마음을 울려
열릴 것이

하나라도 있다면.

눈을 가리고
귀를 막아도
태양의 열기가
사라질 수 없듯,
태생의 열정은
언제나 내리쬐어
얼음동굴 속에 놓아둔 들
녹아내려 버리고 말걸.

눈이 멀어
길을 잃어
정신을 놓아
여기가 어디인지,
그냥 하얀 눈 속,
그림을 그려, 보이지 않는 그림을
눈밭에 흩뿌려
태양이 지워버릴 때까지.

생_33

이것이 전부라고 생각한 순간,
나는 알았다.
그게 모두가 아니라는 것을.

삶의 얼굴은 너무도 많아
껍질을 벗겨도 벗겨도 알 수 있는 건
그 뒤에 다른 얼굴이 있으리라는 것뿐.

나에게 담아낼 무언가가 있다고
위로의 말을 스스로 건네보아도
어깨 뒤로 흘러버린 시간을
주워담지는 못하리.

봄날, 여름 되더니
가을이 되어버린
인생의 첫눈 내린 날.

풀풀 쌓이지도 않을 허적한 눈을
이리도 바라보는 것은

무엇 때문인가?

등에 진 것도 없는데,
삶에 허리가 휘어
어찌 생각에 그늘이 지는지.

휘영청
달이라도 밝게 떠라.
욕심부려 본 하늘,
별 하나 보이지 않네.

목구멍 답답해
토해낸 숨에
실어낼 한.

차라리 가슴 절절히 담아갈
님이라도 만들 것을,
세상에 쌓은 미련한 돌덩이들만
발치에 구르네.

잘 빠진 돌멩이 두 개
눈두덩에 얹고는
더듬더듬 겨울로,
눈 속에 묻히리.

기투 企投

던지고서도
손을 바라보는 건
무언가 남아있기를 바라는 마음인가?

온몸을 던져 구해야 할 것.
그럼에도 남은 것.

'눈을 밟아,
눈을.
있지도 없지도 않은 그것을 밟아!'
남기지 못할 발자국을 새기는
미련한 존재.

땅바닥을 뒤집어 털어본들
수십 년 세월의 한 자락도 건지지 못해.

결국, 존재를 던져서
남은 건
내 존재의 부재.

흑조 黑鳥

목구멍을 치밀어 오르는 그것이 무엇인지
나는 모르겠다.
너의 정체를 물어도
너는 저편에,
시커먼 구름을 품고 가만히 앉아 있다.

너의 응시가,
나를 향한 것을
뒷덜미가 서늘하도록 느끼면서도
뒤돌아보지 않는다.

어두운 하늘 저편에
드리워진 서광을 잠깐이라도 볼 수 있다는 것이
생의 모든 것이라 한들
어찌할 것인가?

바람에 감겨진 머리카락에

얼굴을 묻어도

이 치밀어 오르는 무언가가

아직 살아있음을,

저편의 아직 지지 않은 햇살의 그림자가

세상이 아직 존재한다는 것을

알린다.

날고 싶어 아무리 날갯짓을 해봐도

날개가 되지 않는 어깻죽지는 피멍이 든다.

목적이 없음에도 목적을 찾고,

의미가 없음에도 의미를 원하는

인간으로 태어난 불쌍한 생물.

존재만으로 의미를 찾지 않고 존재할 수 있는 네가

나는 무지게 부럽다.

제2장

|

비상

비상_1

날고자 하는 자는
다리를 잘라야 한다.

착륙을 계산하며
어찌 비상을 꿈꾸리.

이상理想_1

현실과 이상은 다른 것이다.
현실에 의해 이상이 바뀌는 것은 아니다.
현실과 타협하고, 현실과 속삭인다고, 이상이 사라지는
것은 아니다.

발은 굳건히 현실에 묻혀있고, 머리는 이상을 향해
뻗쳐있어,
가운데의 심장은 늘어나 끊어질 듯하다.

이상理想_2

어둡다.
검붉다.
뽑아든 칼에
손목을 베어
흩어진 핏방울이
발을 적셔
잿빛 발자국.

미치고도 남음에
어두운 하늘을 갈라
가지고 싶은
그 푸르름.

비상_2

눈도 없이
귀도 없이
태어난 것에게
날개가 주어진 건
무슨 괴이한 운명인가?

앞도 뒤도 못 보는 것이
퍼덕이는 벅찬 비상.

다른 공기, 아찔한 대기.
긴 호흡 속에 느껴지는 처녀지處女地.

눈도 귀도 없는 것이
날개마저 없었다면
어찌할 뻔 하였던가?

생각은 하늘을 난다.

추구하다

고독에 몸을 바쳐
얻어낼 것이란
또 다른 고독.

깊이를 알 수 없는 우물에
바가지를 던져
퍼 올린 상심.

세상을 떠나도
수심은 떠나질 않고,
사람을 등져도
귀는 쫑긋하지.

애써 얻은 평정은
작은 것에도 깨져
두꺼운 책에 잔뜩 쓰인 말들로도
지켜갈 수 없고,

회오리가 몰아쳐
부러진 나무에
몸을 사리는
하나의 인간.

그럼에도
무엇을 찾을 거라
눈을 비비고,
소리를 잠재워
또 찾아 나선
나만의 고독,
끝을 향하여 선 시작.

비상_3

작은 새를 보았다.
불타오르는 붉은 깃털을 가진
날개 없는 새를 보았다.

한 나무에 웅크리고,
나를 쳐다보는 작은 새.

한참을 그러고 있다
창공을 향해 몸을 날린다.

어디로 간 걸까?
날개도 없이……

나무 밑을 찾아 헤매는
내 머리 위로
한 줄기 바람.
투명한 날개를 펼치고 날아가는 너!

내가 보지 못한 새에
그렇게 큰 날개를 키우고 있었구나.
보이는 것만을 믿은
부끄러운 마음.

내가 키워내야 할 보이지 않는 날개.
수년을 지나서 드높은 비상을 기다리며
의심하지 않다, 오늘.

생_32

나는 벌레다.
이미 오래되었다. 배로 기어다닌지……

누구의 발밑인지, 아니 발등인지, 아니면 그도 아닌지
벌레의 눈으로 보이는 건 없구나.

나의 열망은
징그러운 몸짓.

구토를 불러일으킬 만큼
처절한 이상理想.

생_7

플라톤의 이상향이 이상적이지 않은 것처럼.
소크라테스의 질문이 대답을 구하지 못한 것처럼.
티끌 하나 이해할 수 없는 인간에게 사고의 능력이
주어진 것처럼.

그럼에도 불구하고, 그럼에도 불구하고, 그래야만
하는가?
베토벤이 고민했던 것처럼.

끝없이 질문하고, 이상을 추구하고, 생각하는 인간으로
사는 것.
그럼에도 진정 아름답지 않은가!

실존實存

무無에 무無를 더하면,
무엇이 될까?

부조리한 세상에
부조리한 삶을 더하면,
무엇이 될까?

무의미한 말에
무의미한 몸짓을 더하면
무엇이 될까?

영에 영을 더하면,
그저 영이지.
그 더함을 무수하게 반복해도
그저 영이겠지.

그럼에도 행위에 의미를 부여해

부조리를 맞닥뜨려

무無로 환원될

삶을 살아나감.

계절의 옷장

계절이 바뀌었습니다.
옷장의 옷을 꺼내 시간을 정리해 봅니다.

미처 한 해를 지나지도 않았는데,
손에 닿는 옷의 살결이
아득히 멀게만 느껴집니다.

가슴이 살짝 에이어옵니다.
마치 나의 과거를 꺼내 본 타인처럼 멍하니 앉아
지난 계절이 오래된 영화의 화면처럼 스쳐가는 것을
바라봅니다.

무엇이 아쉬워서인지 그리워서인지
그리 잘못한 것도 없는
지난 계절을 지워버리는 것 같아
서랍을 만지는 손이 자꾸만 멈춰집니다.

지난 가을, 서랍에 꾹 밀어넣을 때는
아무 생각조차 없었는데,
한 계절을 지난 옷들이 이렇게 서글퍼집니다.

나도 이제 나이가 들었나 봅니다.
오래되어 못 입게 된 옷조차
옷장 바닥에 고이 접어놓으니까 말입니다.
마치 나의 시간이 그곳에 묻어있는 것처럼요.

제3장

|

길을 잃다

상실 喪失

늦은 밤,
도심 속 차들은 질주하고
내 영혼만이 갈 곳 모르고 멈춰 섰다.

피폐한 영혼이 쉬어갈 방이 있다면
지친 몸을 이끌고 가 문을 쾅쾅 두드려 볼 터.
잿더미로 쌓은 건물 숲에 그런 자리는 없다.

역할만이 가득한 진보하는 세상에서
한 자리를 떠날 줄 모르고 서성대다
존재의 이유를 찾지 못하고
길을 잃었다.

파리한 나의 영혼.

혼자서

뒤로 돌아,
의기소침한 어깨로 뒤로 돌아,

뒤로 돌아,
둘 곳 모르는 팔다리로 뒤로 돌아,

뒤로 돌아,
어정쩡한 시선으로 뒤로 돌아,

뒤로 돌아,
모두들 앞으로 가는데 뒤로 돌아,

뒤로 돌아,
무너진 발걸음으로 뒤로 돌아,

뒤로 돌아,
피곤한 뒤통수로 뒤로 돌아,

뒤로 돌아,
무거운 그림자를 떼어 뒤로 돌아,

앞으로 가!
모두들 뒤로 가는데 앞으로 가!

웃어,
혼자서.

미망 未忘

때 묻은 발자국
뒤를 따라
샛노란 주둥이를 감추고
영원을 걸었다.

'언젠가' 라는 기대에
구부러진 등뼈를
마구 문질러 뻣뻣하게 편 뒤,
멋쩍게 핼쑥한 미소를 지어 보였다.

하늘이 붉어져
나를 삼킬까
두려워 땅굴을 파고
얼굴만 내밀고 기다린
억겁의 시간.

모든 계절을 외워버릴 때쯤,
결국 깨달은 나의 미망未忘.

담즙인지 단물인지 알지도 못한 채
무엇을 원했던 것인지,
이럴 줄 알았담
튼튼한 밧줄이나 구해 놓을걸.

a doorway is the favorite dwelling place of evil.
- Gunter Grass, "Tin Drum"-

문지방은 악이 가장 좋아하는 장소이지.
– 군터 그라스, "양철북" 중 –

경계인

언제나 나는 경계선에 서 있었다.
이쪽도 저쪽도 아닌 문지방에서
양쪽을 번갈아 바라보았다.

그 양쪽의 방 안에 사람들은
문지방에 어정쩡하게 서 있는 나를
의아하게 바라보았다.

나로 인해 그들은 다른 방에 무엇이 있을까
생각하게 되는 것 같았고,
엉덩이를 들썩 들어 다른 방을 기웃거리기도 하는 것
같았다.

그러나 정작 나의 자리는
어색하기 짝이 없고
항상 나의 소속을 사람들은 끊임없이 묻곤 했다.

이 방인지 저 방인지
선택을 보류한 나는 고독하고 외로워
아무 방이나 가서 아랫목에 자리를 틀고 앉아 버릴까
혹은 문밖으로 뛰쳐나가 다시는 돌아오지 말아버릴까
생각했다.

하지만 나는 이 경계의 자리를
무슨 의무라도 되는 양 지켜서
방 안의 사람들에게 그 밖의 존재를 알리는 듯하다.

목적지

내가 갈 곳은 어디인가?
무엇을 위해 달려가는가?
도대체 왜?
이곳에?
내가? 나의 주변인周邊人이 있어야 하는가?

마음속에 담아야 할 것들을
여러 제약으로 채우고 나서
내가 발걸음을 떼어야 할 곳은 어디인가?

날 따라오는 그림자에게라도 부끄럽지 않게 가야 할
방향을 정해야 할 텐데.
쉽사리 떼어지지 않는 발걸음.
남들은 그렇게도 명확한 발소리를 내며 걸어가는데.
나에겐 왜 이 한걸음도 떼기 힘든지?

동요

고개를 숙여
가슴에 묻어.

무엇이 그렇게 흔들리는지
샛눈으로 들여다보아.

성난 포말이 넘실대는
시뻘건
시뻘건
소용돌이 속.

감춰져 있던
말 한마디,
오롯이 토해내

역한 냄새가 대기를 흔들어
무관심한 잠을 깨우더라도

녹아내린 가슴,
심장의 용암에서 뽑아 올린
마음의 돌덩이.

다시
평평한 마음을 겹겹이 쌓고,
돌아가는 일상.

길을 잃다

갈 길을 잃어
그 자리에 섰다.

멋쩍어 주변을 서성거렸다.

조금 쉬어 갈 겸
도로변 풀밭에 앉았다.

가을볕 익어가는 길가의 돌들을 만져보았다.
서늘했다.

드러누워 본 하늘,
바람이 코 위에 앉았다.

우울한 구름이 잠시 들여다보더니 사라져 버렸다.
텅 빈 하늘이 눈을 두드린다.

여기 잠시 멈춰있는 것도
나쁘지 않다.

습기가 올라와 등이 젖어드는 저녁이 될 때까지는,
이렇게도 괜찮다고
생각에게 마음이 속삭인다.

붉어진 하늘,
황혼.

일어난 자리에 풀들이 누웠다.
지는 해를 따라간다.

푸른 하늘에 미련을 두고
태양에 눈이 멀도록……

동의

모두 긍정하는 데
나는 왜 부정하는가?

나의 부정에
부끄러움이 있는가?

당신의 긍정에
정직함이 있는가?

실타래
실을 풀어
헤쳐놓은 자리,
아닌 것 같은 길을
가야 할 때

아님을 말할 용기가
나에겐 있는가?

다 옳다고
다 괜찮다고 하는데,
나만 아닌 건
나만 괜찮지 않은 건
괜찮은 것인지……

그럼에도
피 속에서 말한 대로
모두들 긍정해도
나는 반대의 자리를 떠나지 못한다.

보지 않는 벽

나는 벽 같아.
누구도 보지 않는 벽.

나는 여기에 서 있는 데,
아무도 눈길조차 주지 않는
단단함에 지친 벽.

거리를 지나고,
해를 지나고,
하늘을 거쳐서,
황혼녘.

어디 하나에도 기댈 곳 없는 사람에게
내어줄 등을 내어놓고 기다리는
나는,
벽.

생_16

어디에서부터 잘못된 건지 알 수가 없다.

매 순간 최선을 다한다고 한 것이,

되돌릴 수 없는 매듭을 지어버렸다.

어디에 있는 걸까?

나는.

삶의 타래 속에서,

끊지 않으면 나올 수 없는 끝없는 미로.

인정한다. 이제서야……

그래, 난 길을 잃었어.

정말.

그림자_2

나는 나의 그림자이다.
쉼 없이 나는 나를 좇는다. 그럼에도 결코 다가가지
못한다.

나는 나이기를 원한다. 그러나 나는 나인 척할 뿐이다.
그러다 정말 내가 나인 줄 착각에 빠진다.

한참을 나의 연기를 하고 나면,
나는 나의 그림자일 뿐 내가 아님을
진정 내가 그곳에 존재하는 것조차 의문하게 될 때.

슬픈 것은 내 그림자만이 아니라 그것을 둘러싼 그
모든 것.
진실로 존재하는 것은 아무것도 없었더냐?

하늘 밝은 정오.
그림자도 사라지고, 나도 이제 없다.

생_13

생이 내게 요구하는 것을 듣고 싶지 않을 때엔,

그냥 듣지 마!

현대와 현재

효율과 진보.
발전과 기능.
도약과 헌신.

현재를 사는 개인에게 하나라도 필요한 것은?

오직 조직 속의 인간만 존재하는가?

야경

어둠은 도시를 감싸 안고,
도시는 나를 뱉어낸다.

제 속도에 휩싸여 만든 회오리
삼키는 어둠, 질주하는 광선.

하늘이 어두운 꼭 그만큼
도시의 불빛은 밝다.

그리고 나는
그 밖에, 있다.

마녀의 본색

중세에 태어났다면
물에 기름처럼 떠 있는 나는
분명 마녀사냥의 대상이 아니었을까?

어디를 가든
무리의 밖에는 내가 있다.
그리고 무리 밖의 나는 그 무리의 신경 쓰이는 존재인
듯하다.

이 사회에서
'다름'을 인정받기란 불가능해 보인다.
무리에 속하지 않은 누군가는 결국 속하거나 떠나야
한다.

원주 圓周

원주 안에 내가 살고 있다.
팔을 돌려 커다란 금을 내가 그었나 보다.
별것도 아닌 금에 내가 신경 쓰여 밟고 나서지도
못한다.

나의 눈에만 뵈는 그 금에
누가 딛고 들어올라치면,
화들짝 놀라
지레 손사래를 쳐 멀리 내쫓고 만다.

금 안의 나는 한없이 외롭지만,
내가 그은 그 금을 결코 지우지는 못하리라.

오히려 세월의 흐름에 혹 지워질라
커다란 숯덩이를 가지고 보초를 선다.

매일을 나는 원주 안에 산다.
누가 내 뒷덜미를 잡고 끌어내 주기를 간절히
바라면서……

생_1

슬픔에 목놓아 울어본 들
운명을 저주하고 욕설을 퍼부어 본들
무슨 소용이 있겠습니까?
종이 한 장 차이에 웃고 우는 얄팍한 인생살이,
그리 좋아할 것도 그리 슬퍼할 것도 아닌가 봅니다.

도대체 우리가 믿고 의지할 것이 무엇인지요?
바람 부는 벌판에 갈대마냥 하염없이 흔들리는
모습이 너무도 쓸쓸합니다.
두터운 겉옷마저 잃어버린 듯,
산들바람에조차 드러난 살갗이 에입니다.

마음은 둘 곳 없고,
세상에 외톨박이처럼
걸어갈 방향조차 잃은 듯합니다.
누군가 내 손을 잡고 이끌어 주기도 바라지만
초라한 행색을 들키기가 부끄럽습니다.

운명을 피해 도망 나온 맨발은 길 위에 생채기만
가득합니다.
인간의 존재가 눈처럼 녹아 없어질 수 있다면,
따사한 햇살 위에 실컷 누워있고 싶습니다. 이 음침한
암흑을 지나……

도시

익명의 그늘에 가리워진 곳.
복잡함에 존재의 이름을 지워버린 곳.
걷고 걸어도 발자국이 남지 않는
그 단단한 슬픔.

손목을 그어
피로 적셔도 위로가 되지 않을
겹겹의 껍질의 사람들 속에,
누군가 홀로 하늘을 올려다본다면
발걸음을 멈출 수 있을까?

바람이 불어
나뭇잎이 흔들려도
시선은 비껴가 신호등에 박힌다.

외로움에 온몸을 박박 긁어도
결코 타인에게 내어 보인 적 없는 속살이 타들어
가도록
도시는 그렇게 나를 삼킨다.

이별

너를 잊고서,
나를 잊고서,
내가 존재했었다는 것마저 잊고 나서,
뼈를 암흑에 파묻고는
머리카락만 길게 자란다.

제4장
|
난 고래가 궁금하다

고래의 비상

고래를 닮고 싶다.
큰 몸뚱이를 물 밖으로 날려
하늘을 향해 던지고 싶다.
다시 물속으로 떨어질 것을 알지만
우리가 기억할 것은 고래의 무거운 비상이므로.

깊고 음침한 바닷속
생존을 쫓아 쉼 없이 몸을 움직이는
상어의 심장을 이제 버리고 싶다.

이제 온몸을 던져
뛰어오를 준비를 하며
그 무거운 몸짓이
더 큰 먹이를 위한 것이 아닌 창공을 향한 것을,
닮고 싶다.

전 페이지 : Horizon in Adriatic Sea 아드리아 해의 수평선 2014

위로_1

천 개의 말을 안고
그의 등 뒤에 앉아 있었다,
숨죽인 채.

서성대는 침묵으로
성을 쌓았다.

발끝까지 내려진 어깨를
바라보는 마음의 목구멍.
울컥 차오른 것은
두서없는 슬픔이다.

절망이 난간을 타고
낱낱이 부서져 사라질 때까지
존재의 뒤를 지키는 것이
할 수 있는 유일한 위로

환희

온전한 웃음이 얼굴을 감싸
저도 모르게 하늘을 쳐다보게 되는 것.

타인 他人

수평선 너머 하늘과 바다가 결코 맞닿을 수 없는 것처럼
한 존재가 다른 존재를 온전히 이해하기란 불가능한 것,
우리는 서로 보이는 곳까지 굽어다 볼 따름이다.

아주 가끔
한 존재가 빗물처럼 누군가를 조금이라도 적실 수
있다면,
그것은 정말로 아름다운 일일 것이다.

자화상

물이었구나, 나는.

하늘을 향한 열망을 모아
수직 상승하는 나는,
물이었구나.

비상을 향한 갈망을 향해
높이 올라
그 그리던 푸르름에 다다를 즈음,

땅에서 올라온 시름에 무거워
대지를 울음으로 적시는 나는,
물이었구나.

땅에 떨어져
넋 놓고 하늘만 바라보는
나의 혈액에는 날개가 자란다.

상승과 하강 속에

이상도 현실도 내려놓지 못한 채

기체와 액체를 오가는 나는,

물이었구나.

Moving Stillness 고요, 흐르다 2014

마주 선 나무

바람이 분다.
휘둘려 세차게.
그냥은 이루지 못했을
순간의 조우遭遇.

이리도 부대껴야
한번을 스칠 너.
자리를 떠나지 못해
폭풍을 기다리는
비겁한 마음.

흔들리다 부러지면
다시는 만나지 못하리니
간밤 비바람에,
미친 듯 춤을 추었다.

닿은 손끝에
가슴이 저려
이 밤, 저 밤

달 없는 밤 헤아려
절로 젖어드는
마음의 물기.

창공을 가리운 푸른 눈에
살짝 비켜가는 작은 바람에도
나의 가지에는
물결이 인다.
나의 마음에는
바람이 분다.

난 고래가 궁금하다

난 고래가 궁금하다.

그 긴 시간 속,

왜 진화하지 않는지.

깊은 물, 담긴 폐를

왜 아가미로 바꾸지 않는지.

혼자만 물 밖으로 뛰쳐나와야만 하는지.

난 고래가 궁금하다.

그 큰 몸집으로

왜 작은 고기들을 먹는지.

한입에 배가 부를 사냥을 하는 포식자로 살지 않는지.

모두 먹이를 따라 움직이는데,

왜 마음을 따라 움직이는지.

난 고래가 궁금하다.

넓은 바다,

무엇을 보고, 듣고, 느끼는지.

그 반들한 살결에 닿는 물살에 마음이 에이는지.

모두들 차가운 알을 낳을 때

왜 가슴 뜨거운 새끼를 낳는지.

난 고래가 궁금하다.
왜 노래하고, 춤추고, 꿈꾸는지.
그 꿈속에 고래는 고래의 모습인지
아니면, 고래 아닌 어떤 다른 모습일지.
왜 살아온 모습을 고집하는지.

난 고래가 궁금하다.
한 번도 외로운 적 없었을 것 같은
거대한 몸집에
그래도 외로워 본 적이 있는지.
밤바다,
적막한 별들 아래
목놓아 울어본 적이 있는지.

전 페이지 : Mediterranean Blue Mist, 지중해의 푸른 안개 2014

고개 숙인 사람들과 말하기 위해선

고개 숙인 사람들과 말하기 위해선
무릎을 꿇어야 할 것이다.

무릎을 꿇고 그 눈을 올려다보아야만 한다.
그 눈에 무엇이 들어있는지 꼭 한 번 보아야 한다.

한없이 흔들리는 눈빛을 마주해야 한다.
그 가냘픈 영혼의 작은 주저함을 기다려야 한다.

비가 내려 그 둘을 적신다면
그 모습을 기억 속에 넣겠다.

누군가가 잠시 멈춰
갈 곳 없는 이가 바람에 흔들려 쓰러지기 전
혹 다시 일어서기 전
그 순간을 지켜준다면……

한 사람의 마음에 영원의 기적이 될 그 순간!

하루 한 날

푸른 하늘은 더 멀리서 빛나고,
땅거미는 길어져
붉게 대지를 물들이던 노을마저 사라지는데.

하루를 알아,
하루를.
긴 잠에서 깨어지지 않아
내일은 없을 하루.

네가 알아?
저 시공간 너머에 있는 그것을
당겨!
끌어당겨!
더 힘차게 당겨서, 네 것으로 만들어!

바보로구나.
네 것으로 할 수 있는 마음은 하나도 없다니까!
그건 단지 저 너머 묶인 네 마음이었던 걸.

한 생을 살아.

하루를 살아.

기억에 남을 것은

이 어둠,

푸른 하늘 너머의 저 어둠,

온통 어둠.

어둠이 감싸는 건 하루의 끝만은 아니지.

어두워 보이지 않는다고 있지 않은 것은 아니야.

하루를 살아,

한 생을 살아나간

마음 하나.

그곳에 남아

시간의 먹이로 사라진다 해도,

있었다는 사실은

없어지지 않아.

미련하게 지키는 내 마음.

위로_2

위로는
주고 싶다고 줄 수 있는 것도 아니고,
받고 싶다고 받을 수 있는 것도 아니다.

광대한 우주의 시공이 한 점에서 만나
새벽처럼 스며드는 말 없는 빛이다.

나이가 든다는 건

나이가 든다는 건 슬픈 일이다.
거울 앞에서 어느새 생긴 새치를 발견하고 울적해지며
자꾸만 늘어가는 건망증에 낙담한다.
멀리 여행 가는 것이 귀찮아지고
낮은 소파에 한없이 누워있고만 싶어지는.
보고 싶던 영화도 미루다 놓치기 일쑤고
친구의 부름에 핑계거리를 늘어대는.

나이가 든다는 건 어찌 보면 좋은 일인 것 같기도 하다.
매년 피는 봄 꽃과 매년 드는 단풍에 새삼스런 감탄과
아쉬움을 느끼는.
아기의 탄생에 경이로움을 느끼고, 그 뽀송한 볼살을
사랑하게 되는.
칼날같이 예민하던 신경도 어느새 무디어져 작은 일에
목놓아 우는 일도 줄어든다.
꿈꿀 일이 많지는 않지만 불안한 일도 적어지고
미래에 대한 설계도 간소해지지만 소소한 즐거움을
찾아내는.
그렇게 늙는 것.

제5장

|

생각의 폭탄

불침번

무언가 없어질까 두려워
이 밤,
불침번을 선다.

없어질 것이
무엇인지도 모른 채
잔뜩 움츠린 심장을 감추고,
핏발 서린 눈을
쉴 새 없이 번득이며
바라보는 어둠.

뺏길 것도 없으면서
시작된 조바심은
결국 가장 소중한 것,
나의 삶을 시간으로 훔쳐 제 주머니에 넣는다.

삶의 기쁨

봄이 오는 모습을 가만히 본다.
긴 회색 지대를 지나
부드러운 햇살 가득한 일요일,
창가에 누워 바라본 하늘.

진한 볕에 눈이 부셔
잃어질까 조바심하며
지금 보는 모든 것을 눈에 담는다.
눈에 담긴 것을 생각에 옮겨 적는다.

호흡을 멈추고
생각의 흐름을 곁에서 지킨다.
잠깐 감은 눈,
햇살의 잔상은 무지개가 된다.

배를 깔고 엎드려
따뜻한 바닥에 고양이가 되어
온몸의 털이 보스스 일어나도록
기지개를 켠다.

읽다 만 책을 다시 꺼내
읽었던 자리를 돌아가다
지나온 흔적에 문득
눈시울이 붉어져 가슴이 뜨겁다.

시간이 아직 내게 있고
보고
듣고
숨 쉬고
생각함.
이 느린 봄날……

문장 文章

피를 나눈다 하여도
이해받지 못하리라는 것을,
나는 알고 있었다.

그 무엇을 나눈 들
가능할까?
한 사람이 다른 사람을 안다는 것.

고개를 끄덕이고,
눈을 감아
공감의 흐름에 합류해 멀리 헤엄치는 것.

시간을 초월한 어떤 정신이
문득 다른 정신을 만나
조용한 포효로 이루어진 순간의 황홀.

생각의 폭탄

머리를 털어내 생각을 빗자루로 쓸어낼 수 있다면
좋겠다.
매일 아침저녁으로 생각을 쓸어내어 커다란 자루에
담아 쓰레기통에 던져 버린다면!
아니, 쓸어낸 생각을 소포에 담아 그 사람의 주소를
써서 보낼 수 있다면 좋겠다.

그 사람이 소포에 담긴 생각을 흔들어 보고,
향을 맡아 보고,
마침내 포장을 푸는 순간 폭탄처럼 터져버렸으면 좋겠다.

유혹

오늘 아침,
구더기 한 마리 입으로 떨어졌다.

저수지 한가운데,
떡밥 떨어지듯
코앞에 한들거리더니
입으로 쏘옥 들어갔다.

세상이 온통 구더기로 들끓는데,
입 다물고 있기 참으로 힘들구나.

하품 한 번에,
구더기 열 마리 입안에 집을 짓더니,
생각에 성을 쌓았다.

상업주의

너무도 상업적인 모든 것들에 둘러싸여
무엇 하나 진심에서 우러나온 것을 가늠키 어려울 때
이제 좀 숨고 싶다.

누군가 한걸음 다가올 때,
그 걸음을 평가하고 의심하게 되는 세상에서
마치 모든 물건을 흥정해야 하는 상해의 재래시장에
선 느낌이다.

시간이 갈수록
대중매체는 격한 말과 몸짓을 쏟아내고,
우리의 감각과 상식은 예민한 판단력을 잃어가고,
어디로 흘러가고 있는지 도무지 알 수 없다.
다만 어느 순간 모든 것이 와르르 무너져 그 밑에
깔려버릴 것만 같은 불안감이 없어지질 않는다.

더운 여름

그 해 여름은 더웠다.

눅눅한 공기가 숨을 막았다.

어디선가 젖은 비린내가 스물 스물 올라왔다.

몸에 끈끈하게 무언가 달라붙었다.

아무리 문질러도 떨어지지 않았다.

죽어야 사라질

그 거머리 같은 우울.

더운 여름 나를 질질 끌고

아스팔트를 걸었다.

절망의 살가죽이 뚝뚝 떨어졌다.

그 냄새에 집 없는 개들이 몰려들었다.

절망을 물어 든 가엾은 존재들.

그들에게 먹을 건 그것밖에 없었다.

더운 여름은 모두 썩어 없앴다.

너도, 나도, 개들도⋯⋯

눈부신 가을이 오면,

아무것도 남지 않으리라, 이 썩어질 것들은.

그냥 세상 홀로 존재하라고, 그럼 되잖아!

신비

피를 보았다.
도로에 흩어진 젖은 피를 보았다.
큰 짐승이 죽은 흔적이 검붉었다.

집 앞의
까마귀가 순식간에 먹어 치운
작은 새는 깃털만 흩날린다.

자연의 신비는
냄새조차 풍기지 않는
수많은 시체들.

그 많은 죽음을 안은 대지가
피 한 방울의 비린내 없이
대기는 신선하기만 하구나.

기괴한 신비로 다다른
생각에 돋은 소름.

공원

그녀는 거기 앉아 있었다.
시커먼 연기를 내뿜으며.
폭포수가 발 밑에 떨어졌다.

그녀가 마침내 몸을 일으켰다.
그녀의 반이, 그녀가 앉아있던 돌이
같이 일어났다.

그녀는 그 돌을 보듬고 절뚝거리며 계단을 내려갔다.
너무도 무거웠을 그녀.
그러나 아무것도 아닌 존재인 그녀가 돌이 되어
사라졌다.

제비집

제비가 집을 지었다.
그 어느 처마 밑에.

제 새끼 먹일 새라 다칠세라
그 처마를 떠나지 못한다.

고양이가 제비를 잡으러 그 집 문턱을 맴돈다.
사람은 어느새 찾아 든 손님들로 정신이 없다.

제비 새끼들은 숨어서 어미 새 오기만을 기다린다.
고양이는 숨어서 어미 새 오기만을 기다린다.

어미 새는 돌아올 줄을 모르고,
고양이는 떠난다.

새끼들만 어미 새를 기다린다.
사람은 사다리로 올라가 풀 죽을 새끼들에게 먹인다.
언제 오려나? 그 어미 새는.

새끼는 이제 어미 새를 기다리지 않는다.

새끼들은 사람이 사다리를 타고 올라오기만을 기다린다.

사람만이 어미 새를 찾아 빈 하늘을 자꾸만 쳐다본다.

그 눈이 파랗게 물들도록

당연한 것들

J. S.을 잃고 나서

햇살이 눈부시다.
하늘이 파랗다.
나무가 푸르르다.
하나라도 확신할 수 있는 것이 있는가?

차는 달리고,
눈부신 햇살에 파란 하늘에 나무가 푸르른데.
마음은 어둡고, 머리는 어지럽고, 상념만 가득하다.

어제 존재했던 것이
오늘 존재하지 않는 것이
진정 확실한 것인가?

있는 것이,
사라지지 않은 것이,
그것이 사라진 것이,
없는 것이,
확실한가?

그런데 그 사라진 것이 내 마음에 남은 것은,
아직 사라지지 않은 것인가?

모든 당연한 것이
당연하지 않고,
차가 달리는 것인지
하늘과 나무와 도로가 뒤로 가는 것인지
알 수가 없다.

토끼에게

바보들,
매일 우리 집에 오다니.
잿빛 털에 몸을 감추고
귀여운 눈알을 반짝거리며
조용히 웅크리고 앉았다.

푸른 풀 속에
깊숙이 들어앉아
매의 눈을 피해
쉬고 있는지.

귀는 길고
풀을 먹는 짐승,
그게 토끼라면
그게 너겠구나.

바보들처럼 토실한

잿빛 털 뭉치.

일어나

펄쩍, 뛰어가 버리면

마음만 괜히 허전하다.

나는 내 고향에서 스스로 추방당한 자

나는 내 고향에서
스스로 추방당한 자

비상을 동경하다
목이 등에 붙어버린 자

고개가 젖히고도
발바닥 피나도록 걷고 있는 자

이해를 바라면서도
결코 구하지 않는 자

오래 전 죽은 이들과
생각의 동거를 하는 자

밤새 만든 문장들을
늑대에게 찢어 먹이는 자

닿지 못함에도
꿈을 향하는 자

나는 내 고향에서
스스로 추방당한 자

항상 길 위에서
하늘을 보고 있는 자

그런 나를 만나면
사람들은 '이정표'라 부른다.

시인의 방

시인에게는 햇빛 들지 않는 방이 필요하다.
생각의 진창에서 구르다 늙어버린
자신의 얼굴을 가려줄
어두운 방이.

낡은 사슴

절뚝거리며 길을 건너고 있었다.
어둠 속에 빛나는 눈이 초록을 발하고,
다리에서 흘러내린 피가 선명한 붉은 네모로 바닥에
찍혔다.

그 어려운 발걸음이 가슴에 남아
도로에 차를 세우고, 오래도록 서 있었다.
네모난 핏자국이 검게 번져갔다.

그 고통에 이유가 있다면,
'인간의 편의'라는 거대한 명제가.
혹은 인간이 아닌 것으로 태어난 죄.

시간은 흘러 털 뭉치가 바람에 날린다.
목구멍이 텁텁해진 채.
길 위에 너를 찾고 있다, 낡은 사슴의 흔적을.

옛 친구

올랐던 산을 다시 내려와
옛 친구들 만나러 가는 길,
흙먼지 뒤집어쓴 몰골이 부끄러워
동네 앞 개울물서 얼굴을 닦았네.

헝클어진 머릴랑 어쩔 수 없어
손가락 빗을 만들어 몇 번을 단장해 보아도
비바람에 길들여진 머리카락은
말을 듣지 않고 삐죽거리네.

보고 팠던 얼굴들, 반가운 얼굴들,
세월의 흔적이 스쳐 갔어도 어제 만난 듯한 얼굴들.
소담 소담 이야기 꺼내보건만
머릿속 산중의 까치와 여우들이 자꾸 쳐들어와
그네들의 대화 속, 나는 차츰 길을 잃어가네.

길어지는 세상사 수다 문득,
산속 해질녘 속삭임에 넋을 잃고
주섬주섬 옷을 여미고 일어날 채비 하며
간 길 달라 할 말도 다른 옛 벗들, 언제 다시 볼까나.
아쉽지만 안도하며 그림자를 잡아 길을 떠나네.

마음속 산이 버티고 있으니
올라간 산이 없는 이들과 어찌 벗할꼬.

상상

나의 하루는
공상의 씨를 뿌리고,
상상의 날개를 달아,
망상으로 허물어진다

제6장

|

고양이의 눈물

절망

1.
심장을 꺼내 단단한 상자에 넣고
무거운 돌을 매달아
저 검푸른 강물에 던져버리고 싶다.

간절히 바라건대
불안과 슬픔으로 쫓겨 얼굴을 묻고 있을 곳이 이 하늘
아래 있다면!

2.
인간이 절망에 다다랐을 때
차라리 유리잔이 깨어지듯 퍽 하고 깨져버리면 한다.

절망에 온몸을 부딪쳐 버린다. 철썩.
아무 일도 일어나지 않는다. 부서진 마음의 조각들도
그대로이다.

존재를 버리지 않는 한 절망도 사라지지 않는다.

고양이의 눈물

본 적 있어?
고양이가 우는 모습을.

소름 끼치는 울음을 울고 나서,
구부린 등을 펴는 모습을.

태생에 따라다니는
저주를
어쩔 줄 몰라
혼자 우는 모습을.

고양이는 밤에만
담벼락에 몸을 기대고
흐느껴 울지.

잘났다고 뻐기던
얄미운 등줄기를 흔들면서 말이야.

그 눈물을 본 사람은 아무도 없어.

스스로 고양이가 되어 보기 전까지는.

구석

지하로 숨어들어간 벌레들이 모여
한 자리를 만들었다.
돌덩이 밑에 지네들이 우글거린다.
발가락이 간지러워
오글거리는 것들.

할당된 생의 공간이
이리도 작아
부대껴도 이뤄내지 못할
단 한 뼘의 안락.

빛을 피해 숨어들어간다고
보이지 않을 줄 안 건 착각.
요동치는 몸뚱이의 진동이
눈에 들어와
뒤집은 배때기에는 벌써 진물이 흥건하다.

잦아드는 떨림은 흐느낌이 되어
낮은 파장으로
어둠을 덮는다.
아무도 개의치 않을 하찮은 상실.
그러나 그 몸부림을 기억해라,
아무리 큰 몸뚱이도 그리 요동칠 수는 없으니!

뿌리

어디서 내려왔는지
단단히 얽혀
파고 내려가
부서지는 마음.

꿈틀대는 영혼이
잘려나가
시뻘건 속살이 드러나거든
'침을 뱉어'.

울어 봐!
그렇다고 얻을 것이 있거든.
미처 붉어지지 못한 눈물을
검은 땅에 묻고는
돌아서 미치지 못한
그 곳,
내 마음의 뿌리.

슬픔

아, 나는
고요한 말을 하늘에 얹어
어둠이 내리기를

아, 나는
한없이 떨어지는 고개를 매달고
져버린 별을 찾아

아, 나는
찬란하게 멀어진 눈을 뜨고
신발을 꿰지.

황혼,
나선 길.
하늘 가득 은하수,
머리 위 내린다.

눈물이 흐르거든
그냥.

짐

딸에게 짐이 되지 않으려 자살한 노인에 대한 기사를 보고

짐이 되지 않으려 죽었단다.
그런데 어쩌다
네 마음의 짐이 되어버렸다.

현재의 짐이란,
고달픔.

과거의 짐이란,
죄책감.

미래의 짐이란,
수치심.

어깨를 나눠주는 것은
사람에게만 있는 일인데,
언제부터 그것이
'짐'이란 이름으로 불리게 된 것인지……

짐이 되지 않으려 죽었단다.

그래서 영원한 짐이 되었단다.

구부러진 팔

팔을 펴지 못한다.
나의 팔은 둥그렇게 말려
이리 펴려 해도
저리 펴려 해도
똑바로 펼 수가 없다.

펴지지 않는 팔을
자꾸 잡아당겨
똑바로 펴지라고 소리치고 싶지만
말린 팔은
마루에 똥 싼 강아지처럼
꼬리를 감추고 애처로운 시선으로 바라본다.

둥글게 말린 팔은
처음부터 둥글지 않았는데
수많은 잔일과
무심한 방관으로
점점 구부러져
둥그렇게 말려 버렸다.

밤마다 저리다 저리다
앓는 소리 내봐도
그래도 괜찮다 괜찮다
부족한 잠을 청하는 주인 때문에
하세월 버티다 말려버린 팔.

찻잔 하나 들지 못하고
동전 하나 세지 못하게
말려버린 팔은
누구의 탓인가?
누구에게 원망을 쏟을 것인가?

알면서도 어쩔 수 없었던
힘든 세월에게
물어내라 물어내라
내 구부러진 팔일랑
똑바로 펴내라
하소연해본다.
심드렁한 미친년, 세월아!

눈물

누워서 천장을 바라보아라.

그리고
눈물을 흘려보아라.

그 찝찔한 맛이 입가로 흘러들면
그때

원망스러운 것은
못난 내 모습.

부러진 가지에는 새순이 돋지 않는다

어린 S.Y.을 잃고 나서

간밤,
억센 바람 속에
몸부림하던 가지,
툭 하고 부러지고 말았다.

몸통에서 잘려진 팔뚝
아직 식지 않은 온기.

물오른 새순을 고이 간직해
틔우려는 순간,
맞부딘 죽음.

부러진 가지에는 새순이 돋지 않는다.
연초록 대지에 낙하한 회한,
생명을 간직한 채 죽어야 하는 원怨이여.

자살 自殺

포기의 용기.

그리고,

극단적 이기심과 책임 회피.

벙어리의 언어

당신의 생각이
소리로 피어난다면
그것은 낮은 저음,
혹은 귀청을 찢는 고음일 거라
생각합니다.
몰이해의 한恨을 모두 담은 피딱지의 파장일 거라고요.

제7장

|

끝을 바라보며

끝을 바라보며

울지 말아요,
난 아직 괜찮으니까.
요즈음 조용히
나의 꿈이 이뤄졌다면 그것이 무슨 색깔이었을까
생각해봅니다.
아마도 그것은
커다란 하늘색이지 싶어요.
무엇이든 둥실 날려보낼 수 있는,
나의 꿈도 그곳 어딘가에 있겠죠.

울지 말아요,
난 아직 괜찮으니까.
빠져버린 민머리가 나를 말해주는 건 아니니까요.
길었던 숱 많은 검은 머리가 귀찮고 답답하던 시절,
고민스레 느껴졌던 크고 작은 일들이
그렇게 고민할 일들이 아니라는 것을 이제 알았습니다.
끝을 앞에 두고 생각하는 생에서 중요한 것들이란
그리 많지 않다는 것도요.

울지 말아요,

난 아직 괜찮으니까.

가고 싶었던 곳들을 헤아려 봅니다.

가고 싶었던 곳들이 가고 싶은 곳으로 남아있는 것은

그리 나쁜 일은 아닌 것 같습니다.

이렇게 생각에 놓고 그려 볼 수 있으니까요.

아프리카 끝없는 초원, 하늘의 석양은 어떻게 물들지

생각해 봅니다.

저무는 태양 아래 땅거미로 서 있을 나의 모습을

상상합니다.

그 숙연함에 순간 가슴이 벅차옵니다.

울지 말아요,

난 아직 괜찮으니까.

아직 잃지 않아진 것에 대해 미리 슬퍼할 필요는

없답니다.

이웃집 덩치 큰 아이가 내 사탕을 뺏어갈까 걱정할

필요는 없어요.

그냥 뺏기고 나서 커다랗게 한바탕 울면 됩니다. 혹시

알아요? 길 가던 어른이 가여운 마음에 새 사탕을
하나 손에 쥐여 줄지도 모르잖아요.
삶이란 막대 아이스크림처럼 느껴집니다. 먹던 안 먹던
시간이 흐르면 결국 막대만 남는 것.
다만 다시 내 손에 새로 쥐어질 아이스크림은 없다는
게 다른 거겠죠.

울지 말아요,
난 아직 괜찮으니까.
내겐 천국이나 지옥은 없어도
기억은 있습니다.
삶에서 가져온 발자국과 추억들이 한가득
어찌 다 가져갈까 등이 벌써 휩니다.
그래도 아직 남은 시간,
내 발자국과 그대의 발자국을 마음껏 찍어 보렵니다.
이 눈밭 잔뜩 어지럽게, 지나는 사람 심란하게 말입니다.

회한回翰_1

등이 구부러져
하늘을 쳐다보려면,
목을 등에 붙도록 젖혀야만 하지!

앞만 보고 살아온
세월,
중력의 법칙에
활처럼 굽어져.

장님들만 본다는*
하늘을 보고 싶어
이제서 고개를 들려 해도

땅에 떨어진
시간의 파편들.
눈길은 자꾸 아래로만 향하고

주워야 소용없는

끝맺지 못한 이야기들로

주머니 한가득 질질 끌리네.

무거운 몸 이끌고

방향 없는 갈 길,

멀고도 먼데.

무엇을 그리 많이 한 가득 담았을까!

* 보들레르 작, 윤영애 옮김, 〈악의 꽃〉, 문학과 지성사, 230p., "장
  님들, 아무도 그들의 머리가 생각에 잠긴 듯 길바닥에 숙여진 것
  을 본 적 없다."

회한回翰_2

나에 대한 기대가 정작 이거였나 하고 몸서리를 칠
때쯤,
시간의 형제들은 어깨동무를 하고
나를 바라본다.

내가 나에 대한 기대를 저버리기도 전에
시간은 이미 남겨져 있지 않음을.

그들이 흘린 비웃음,
부질없는 삶에 대한 관조.

세월_1

푸른 하늘을 갈라
핏빛 노을을 얻어
돌아서는 그림자에
젖어든 상실.

무엇을 기대해
얻어 든 것이
상처만 남겨
어두운 발자국.

'시간을 살아'
다짐을 한들
결국
시간에 살아져 버려……
주름진 얼굴에 말라붙은
눈물 자국.

회한回翰_3

삶의 단상.
삶의 단면.
삶의 잔상.

남은 것은?

미친년 치마처럼 너울대는 머리칼에
얼굴을 묻고
긴 잠에도 잊혀지지 않는
벙어리 닮은 회한.

찢어지는 고함이 다다를
소리 잃은 목구멍.

지쳐빠진 혓바닥을 돌돌 말아 넣고
입을 닫아.

어느새 툭 떨어지는
외마디 눈물.

갈 곳 잃은 자는
그 자리서
제 발끝만 보지.

생사 生死

문을 닫아,
기다려,
서성여,
숨죽여,
발끝으로 차대는 먼지에 구름이 피어
기막힌 상상이 치닫더라도
기다려!

문틈으로 엿보려
실눈을 떠보아
잿빛 어둠은 아무 말도 없지.
다시 기다리다
꽃이 피고 나비가 날아
나를 멀리 데려가고자 해도
닫힌 문이 혹여 열릴까
문 앞을
서성여.

결국, 문이 열려 내 생이 끝날 때

왜 난 이 문으로부터 멀리 가지 못했을까?

저 푸른 하늘을 두고.

석양을 좋아하는 이유

석양을 좋아한다.
해가 질 때면,
한낮의 온갖 색으로 빛나던 사물들은,
모두 검정으로 흡수되고,
오직 하늘만이 빛을 발한다.

이 장파장의 산란은 어느 하루의 석양에도
같은 색상으로 물들지 않는다.
하루의 저묾 속에서,
인생의 저묾을 생각하지 않을 수 없으며,
잡고 싶은 아름다움 속에는
비非지속성에 의한
깊은 가슴 저림이 있다.

석양을 좋아하지만,
석양을 보면, 눈물이 난다.

눈 오는 밤

C. J.을 기억하며

문은 열렸다 닫히고 다시 열린다.
새하얀 눈꽃 문 뒤로,
오늘 누가 걸어나갔는지
닫힌 문 뒤에
소복소복 눈이 쌓인다.

사람이 가슴에 남는 건
그래도 함께 있는 거라고
아직 떠나지 않은 거라고
그렇게 말하고 싶은데……

하염없이 내리는 눈에
마을이 잠겼다.
그리운 애잔감, 평화로운 눈 담요에
포옥 파묻혀 버렸다.

그래도 마음은 쓸쓸하다.
죽음이라는 것.
소멸을 전제로 한 존재에게

눈이 제 몸으로 무엇을 말하는가?

없어질 발자국,
꼬옥 찍어 눈동자에 담아
문밖에 걸어둔다.
미운 운명이라는 놈이 발작처럼 찾아와
누구의 문을 두드리든

존재들은 존재의 기억을
내어주지 않은 채
훈장처럼 문에 걸어
오늘 걸어나간 그이를 기억할 것이다.

문은 열렸다 닫히고 다시 열린다.
다시 닫힌 문 뒤에,
기억이 흩어져
동그랗게 하얀 이마를 맞대고
높이 자란다. 높이, 높이.

End & Beginning / In & Out
끝과 시작 / 안과 밖

죽음

끝이라고 말하지 마,
끝과 시작은 하나이니까.
여기서의 끝이 모두의 끝은 아니니
끝과 시작이 마주하는 점에 서 있는 거야.

세상에 우리가 하는 일에
왜 그리 많은 규칙을 만들어 놓은 건지
정작 하고 싶은 일을 해봤던 기억이란 많지 않네.

새장의 작은 새에게 말을 걸고 싶었어,
네가 가고 싶은 곳은 어디이냐고.
그 새는 아무 대답 없이 물끄러미 쳐다보았어.
새장의 문을 살짝 열어 두었지만 그 새는 아무 데도
가지 않았지. 새장 문이 열려 있다는 것도 알지 못한 듯.

이 세계에서 다른 세계로 가는 문이
내게 열려 있다고 생각해.
이제 그리로 날아갈 거야,
뒤돌아보지 않고.

고개를 돌리는 순간
그리운 것들이 너무 많을 테니......

그럼에도 꼭 한 번은 더 보고 싶은 것들이
왜 이리 많은지.
아, 그리움의 감정이 왜 이리.
눈이라도 내리면 나의 발자국을 찍어 놓을 수 있을까?
사라지는 모든 것에 경의를 표하며
끝을 준비하는 마음.

희망

지하철 객실 안에서
내가 슬픈 건
껌을 팔러 다니는 할아버지도 아니고,
어려서 부모도 여의고 사고를 당해 몸도 성치 않다
구걸하는 청년도 아니고,
예수 믿고 천당 가라는 미친 여자의 넋두리도 아니다.

늦은 저녁,
집으로 돌아가는 직장인의 낡은 가방끈이고,
영업직의 어딘가 어색한 몸에 잘 안 맞는 싸구려
정장이고,
한눈에도 피곤해 보이는 굽 닳은 구두이다.

누군가 그들에게 희망을 얘기한다면
그들의 가방을, 옷차림을, 구두를 바꾸어 줄 수 있는
희망이어야 할 것이다.
달콤한 미래의 상상은 희망이 아니라 사기일 뿐이다.

제8장

ㅣ

다시 태어난다면

화살

활시위를 당기지 않고서는
화살을 날릴 수는 없어.
시간을 들여
숨을 고르고,
있는 힘을 모아 당겨
모든 것이 부풀어 올라
그 최대치에 다다랐을 때,
화살은 난다.

방향조차 모르는 화살을 쏠 수는 없어,
과녁을 찾기 위해 한세월을 서성여.
드디어 찾아낸 목표에,
손수 다듬어온 활시위를 꺼내
'삶'이라는 이름의 화살을 꽂아
다시 한세월을 얹어
날아갈 한 순간!

세월_2

많은 일을 할 것 같았지만,
막상 그렇지는 않았어.

머리 꼭대기로
흰 사슴이 걸어 나와
시간을 알리고,
내가 일어나야 하는 자리는
백지로 남았지.

걸어온 자리마다 어지럽게 흩어진 상념에
무엇을 더해도
답은 나오지 않아.

귀는 길어져
땅에 끌리고
어깨는 차츰 좁아지는데,
사슴은 벌써 석양으로 걸어 들어가
그림자가 나를 덮어
내 얼굴은 보이질 않아.

자리에 서서
눈을 부릅뜨는 것만이
지금 내가 하는 모든 것.
작은 빛이라도
그 찬란함을 모아
평생을 기대도 좋을 한순간을 위해!

비상_5

내가 더듬는 이 곳,
내가 지켜온 삶.

배를 바닥에 대고 기어서라도
도달하고자 하는 그 길.

멀리 무엇이 보인다고 확신하고자
아무것도 보이지 않는 암흑 속에서도
눈을 부릅떠보아
다다른 곳,
깎아지른 절벽.

떨어져,
떨어져 보아!
부릅뜬 눈이 차마 감기기 전에.
내 지나온 자리
뱀의 자국을 남긴 채.

부른다.
나의 이름을, 누군가?
뒤에서 등 떠밀어져
나선 자리에 막이 올라
다시 올라선 절벽 아래 무대.

더듬어,
살아가,
기진한 몸으로 끝까지 찾아간
삶의 가치를 향한
또 다른 절벽.

이번에 날려.
온몸을 날려.
떨어지지 않고, 날아오르길!
저 수직 하강하는 검은 날개.
순간의 비상을 위해
일생을 걸다.

생_31

무엇을 느끼고 싶다.
말라버린 정신에
부어 넣을 향유가 있다면……

하늘은 겹겹이
손에 잡히지 않고
마음은 땅바닥에 달라붙었다.

이름을 갈구해
돌아선 자리,
오래 서성이니
지쳐가는 마음.

반평생 들여 심어놓은 씨앗,
죽기 전에 그 싹을 볼 수 있으려나
문득, 두려움.

대지에 흩뿌려진
기다림, 초조, 절망, 다시 기다림.

심은 것이 없거든
기다림도 없을 테니,
딱딱해진 뇌에게 속살거리며,
오늘도 나의 손은 흙을 일군다.

길*

그 사람이 아들에게

어두운 하늘,
낮게 드리운 길.

한나절, 하루, 한 달을 걸어
목적 없이 나선
살기 위한 그냥 그 길.

땀에 절은 수건이
잿빛이 되도록
나는 너의 손을 놓지 않았다.

이 흑백의 그림에
가는 발자국 내 피로 적셨다.

길을 하얗게 닦아
너의 고운 발이 더럽지 않게,
나의 죽음으로
너의 손을 놓다.

내가 바라는 건 그냥

네 앞의 그 길,

그저 순탄히, 푸른 하늘과 더 푸르른 나무.

그렇지 않더라도

너와 나의 동행이

용기로 남기를!

사랑한다.

* Cormac McCarthy의 'The Road' 참조 .

일생 一生

삶이 후회가 남더라도 의미가 없지는 않도록!
이건 자신에게 하는 말.

이 시간이,
이 흘려버리지 않는 시간이
의미로 남을 수 있도록.

간절히
끊임없이
의심하면서도
그렇게밖에 할 수 없는.

그렇게
이렇게
그렇지 않으면
어쩔 수 없이

그럼에도
손이
머리가
가슴이
부끄럽지 않도록.

뒤를 돌아
다시 바라본다 해도
같은 길을 걸어와
이 자리에 설 것임을
알기에.

삶이
한 점의 의미를 남기기에
충분한
절실함을 담아

생의

빛나는 순간을

쏟아내어 만든 우물에

달빛이 부서져 들어

어둠에 갇힌다 한들

포기할 수 없는

삶을 위해.

길어진 머리카락을 잘라

밧줄을 삼아

지나온 자리에

남겨

모든 것이 끝난

어느 날,

그 길을 가리키리.

질주疾走

마음속에 남은 것이 무엇인가?
마음속에 남은 것들을 긁어서 담아내야 할 것들이
무엇일까?
여기 서서 저기를 바라다보고, 다시 저기에 서서
이곳을 바라다본다.

사람보다 조직이 중요해진 사회.
그 속에 있지 못하고, 그 밖에도 있지 못하고.
머리는 혼란스럽고, 발걸음은 더디다.

손을 뻗어 닿을 수 있는 것이 있다면
차라리 눈을 감고 전속력으로 달려가 보자.
떨어지거나 부딪히거나
넘어지거나 구른다 해도
여기 서 있는 것보단 낫겠지.

가슴을 열어 뛰고 있는 것에게
방향을 물어
다리에 있는 힘을 다 실어 질주한다.

다시 태어난다면

다시 태어난다면
무용수가 될 테야.
여태 머리로 이해하려 했던 세상을
손끝과 발끝으로 느껴볼 거야.

계산하지 않고
많은 사람을 만나 볼 테야.
그러다 마음이 가는 사람과
사랑에 흠뻑 빠져도 볼 거야.
멋진 남자의 꽁무니를 쫓아다니다
실연에 생쥐같이 비에 젖어 눈물이라도 맘껏 흘려볼
테야.

컴퓨터 앞에는 앉아 있지 않을 거야.
발바닥으로 지구를 더 많이 밟아줄 테야.
눈과 귀를 열어 보고 듣고,
많은 것을 맛볼 테야.

초콜릿 가게 앞에서
몸무게 걱정은 미뤄둘 거야.
나랑 입맛이 같은 수다쟁이 친구를 둬야지.
그 친구가 떠들어 댈 동안 케이크를 다 먹어 버리고
나서
또 한바탕의 수다를 들어 줄 테야.

눈을 먹을 테야.
함박눈을 입에 가득 물고 웃어 볼 테야.
덩치 큰 개와 눈밭을 뒹굴어 볼 거야.
하얀 눈에 찍힌 어지러운 개 발자국을 한참을 바라볼
테야.

다시 태어난다면,
지금 하고 있는 모든 것을 그만둘 테야.
그리고 정 반대의 것을 할 거야.
웃다가 울 거야. 다시 웃을 때까지!

외출

가야겠다, 이제.
새로운 시작을 위해 무거운 몸을 일으켜야겠다.

창밖에 아침이 밝은지 오래고
타야 할 기차도 이미 떠났을 것이 분명하지만.
그래도 몸을 일으키고
거울을 들여다보고
가장 좋은 옷을 꺼내 입는다.

옷깃을 다듬고
구두까지 골라 신은 다음,
문을 나선다.

누구 하나 밖에 나선 내 모습을 알아차리지 못하지만,
오늘 나의 외출은
예정되었으나
한참을 미뤄진 운명인 것을.

그림자 떼어 걷기

저자_ 김도연

초판 1쇄 인쇄_ 2015. 02. 25.
초판 1쇄 발행_ 2012. 03. 03.

발행처_ 삶과지식
발행인_ 김미화
디자인_ 다인디자인(E. S. Park)
표지 디자인_ 김도연
편집_ 박시우(Siwoo Park)

등록번호_ 제2010-000048호
등록일자_ 2010. 8. 23.

서울특별시 강서구 내발산동 742 | 우편번호 157-931
전화_ 02)2667-7447
이메일_ dove0723@naver.com

ISBN 979-11-85324-16-6 03800

이 도서의 국립중앙도서관 출판예정도서목록(CIP)은 서지정보유통지
원시스템 홈페이지(http://seoji.nl.go.kr)와 국가자료공동목록시스템
(http://www.nl.go.kr/kolisnet)에서 이용하실 수 있습니다.
(CIP제어번호: CIP2015005527)